© 2024 *der_punkt_ist_der_ball*
Herstellung und Verlag: BoD – Books on Demand, Norderstedt

ISBN: 978-3-7597-5064-8

der springendste punkt ist der ball

11 ballorientierte geschichten
aus der tiefe des sprachraumes

Die Aufstellung

#1 Die Verwandlung (7)
#2 Im Ozeaneum (17)
#3 Falsche Neun (33)
#4 Mailand oder Mailand, Hauptsache Italien (37)
#5 Fußball total / Feld Shui (45)
#6 Ohne-Touch-Fußball (59)
#7 Ballfern (63)
#8 Wie die Löcher ins Ernst-Happel-Stadion kamen (69)
#9 Holding Six (73)
#10 Der springendste Punkt ist der Ball (79)
#11 Yogi Jogi findet seine Mitte (93)

Ersatzbank:
Ball am Ball (15)
Ohne Wenn und Aber (32/58)
Dr Ball isch rund (62)
Männer, wir haben jetzt diesen Film über Pinguine gesehen (67)
Gibt es wirklich nur einen Rudi Völler? (77)
Zitate (72/92)

#1

Der Ball ist rund – oder doch nicht? Fußball-Deutschland steht vor ungewohnten Herausforderungen.

DIE VERWANDLUNG

Hallo und herzlich willkommen zu *Steilpass*, liebe Zuschauerinnen und Zuschauer, *der* Sendung, in der es verbal ans Eingemachte geht, und wir beschäftigen uns heute *ex-klu-siv* mit *der* Szene, die das heutige WM-Spiel Deutschland gegen Japan buchstäblich auf den Kopf gestellt hat, und es ist, so viel sei schon mal verraten, eine Szene, in der sich der Ball im wahrsten Sinne des Wortes nicht von seiner besten Seite gezeigt hat. Bei mir im Studio: unsere Experten Didi Hammer und Ein Lothar Matthäus, ein Applaus für sie!
Und wir beginnen gleich mit einer ersten Frage, Didi, hier sehen wir nochmal die Szene kurz vor Schluss, beim Stand von 1-zu-1 zwischen den beiden Teams *die* Siegchance für Deutschland, Kai Havertz läuft nach einem Steilpass allein auf den japanischen Torwart Shuichi Gonda zu und

dann – hier sehen wir es – verwandelt sich der Ball, ohne mit der Wimper zu zucken, in Sekundenschnelle in einen Würfel und verspringt, die Torchance ist dahin – Didi, wie ist diese Verwandlung des Balles, die für das deutsche Team zur absoluten Unzeit kommt, zu erklären?

Unerklärlich, absolut unerklärlich. Vielleicht hat der Ball zu wenig trainiert – oder zu viel. Ich glaube eher, dass er zu wenig trainiert hat, aber ich weiß es auch nicht, da fehlt mir auf jeden Fall das Verständnis für.

Ein Lothar Matthäus, was sagt Ein Lothar Matthäus dazu?

Ein Lothar Matthäus kann sich das auch nicht erklären – sogar zwei Ein Lothar Matthäus könnten sich das wahrscheinlich nicht erklären.

Und wir sehen uns die Szene gleich nochmals in der Wiederholung an, da – jetzt passiert es, vom Ball zum Würfel... Noch einmal – das sind nicht mal Millisekunden...

Innerhalb von Nanosekunden geschieht da die Verwandlung!

Und auch nach dem gefühlt hundertsten Replay ist beim besten Willen nicht zu erkennen, wie und warum.

Ja, in der Wiederholung ist immer nur das Gleiche zu sehen.

Oder nicht zu sehen.

Unglaublich.

Und absolut ärgerlich für Deutschland.

Wenn der Ball ein Ball bleibt, versenkt der Kai das Ding.

Keine Frage.

Aber so.

Ein Lothar Matthäus hat schon oft gesagt: Die Achillesferse des Fußballs ist halt der Ball, das sieht man heute wieder.

Ja, da kannst du als Fuß auch nicht mehr viel ausrichten.

Und bevor wir mit unseren Experten im Studio weiterdiskutieren, schalten wir jetzt kurz raus, denn aus Frankfurt am Ball, Frankfurt am Main, meine ich natürlich, ist jetzt Herr Ball zugeschaltet, er leitet das bundesweit größte Nachwuchsleistungszentrum für angehende Bundesliga-Bälle – Herr Ball, der Ball ist rund, heißt es ja gemeinhin: Wie können Sie sich erklären, dass dem heute plötzlich nicht mehr so war und der WM-Ball sich zum Leidwesen der deutschen Mannschaft in ein klobigeres, weitaus weniger geschmeidiges Spielgerät verwandelt hat?

Erklären kann ich es mir, ehrlich gesagt, auch nicht ganz und ich denke auch, dass das den Bällen, die wir hier in Frankfurt ausbilden, nicht passiert wäre, aber ich möchte erstmal und trotz allem eine Lanze brechen für die Bälle, denn sie sind es, die in der Regel tagtäglich dafür sorgen, dass alles rundläuft. Alle Augen sind auf uns gerichtet, auch heute, und doch sieht im Normalfall keiner wirklich, was wir leisten. Dabei würde es ohne uns kein Fußballspiel geben. Da sitzen wir mit den Toren im gleichen Boot.

Ohne Ball kein Fußball – meinte man zumindest bis heute.

Ja, auf jeden Fall glaube ich nicht, dass beispielsweise eine Sportart namens Fußtetraeder den gleichen globalen Siegeszug hätte antreten können – da wäre der Name ja fast noch sperriger als das entsprechende Spielgerät.

Herr Ball, Sie haben im Vorgespräch angedeutet, dass die Aufgabe für die Bälle auf diesem Level inzwischen ungemein schwierig geworden ist – würden Sie kurz erläutern, was die Aufgabe so schwierig macht?

Der Ball ist rund – jeder kennt den Spruch, aber kaum einer weiß, was das wirklich bedeutet. Der Druck, dem die Bälle standhalten müssen, ist immens. Rund um die Uhr musst du dich als Ball in Gleichmäßigkeit üben. Das Launige und Sprunghafte kannst du dir schlicht und einfach nicht erlauben, denn als Ball darfst du nicht anecken – das sieht man allein an dem Aufruhr, wenn es, wie heute, doch mal passiert. Und gleichzeitig ist es das, was den Job so schwierig macht. Selbst wenn das Stadion tobt und die Teams heutzutage oft mit extremer Konsequenz gegen dich arbeiten, musst du als Ball die Form wahren und in deiner Mitte bleiben. Außerdem brauchen wir jederzeit eine Top-Kondition, denn von allen Akteuren auf dem Feld legen wir die meisten Kilometer zurück – als Ball kannst du einfach keine ruhige Kugel schieben.

Danke, Herr Ball, für dieses runde Gespräch – und wir diskutieren natürlich gleich weiter mit unseren Experten Didi Hammer und Ein Lothar Matthäus, hier und heute in *Steilpass*: Didi, muss man fairerweise sagen, dass das heute für den Ball auch kein einfaches Spiel war?

Es stimmt natürlich, dass die Japaner heute mit unglaublicher Konsequenz – und, wie man gesehen hat, auch Effektivität – gegen den Ball gearbeitet haben; trotzdem dürfte man von einem Ball auf diesem Level etwas anderes erwarten. Und auch der Weltverband müsste sicherstellen, dass die Bälle nach dem Abschluss der nationalen Meisterschaften für so ein Turnier in Form bleiben.

Die FIFA hat ja inzwischen auch angekündigt, dass der heutige WM-Ball fortan nicht mehr im Profibereich zum Einsatz kommen wird – da hat sich der Ball mit seiner Aktion also auch ein Stück weit ins eigene Fleisch gebissen?

Oder ins eigene Leder, ja – aber trotzdem sind es wir Deutschen, die nun erstmal bedröppelt aus der Wäsche blicken und mit leeren Händen – oder leeren Füßen – dastehen.

Didi hat es angesprochen, die Ausgangslage für das deutsche Team ist nun ungemein schwer, man steht noch ganz ohne Punkt da, denn: Japan wusste mit dem Würfel besser umzugehen als die Deutschen und im unmittelbaren Gegenzug nach der vereitelten Siegchance für Deutschland, hier sehen wir das im Bild, versenkt Yuya Kubus, Yuya Kubo, kurz vor dem Schlusspfiff den Ball im Würfel, den Würfel im Ball, im Tor, meine ich, zum 2-zu-1-Sieg für Japan, die Achtelfinal-Qualifikation der Deutschen ist dadurch hochgradig gefährdet, im nächsten Spiel gegen die Spanier wird es auch nicht einfacher und die Frage ist ja erstmal auch, wie man mental mit so viel Unball – Unbill – zurechtkommt. Ein Lothar Matthäus, glaubt Ein Lothar Matthäus noch an ein Weiterkommen der Mannschaft?

Ein Lothar Matthäus glaubt immer an ein Weiterkommen, auch wenn die Würfel schon gefallen sind.

Danke! Das war der heutige *Steilpass*, ein Applaus für unsere Experten, und wir bleiben natürlich gespannt am Ball und hoffen, dass es für die Mannschaft im nächsten Spiel eine ganze Ecke runder läuft. In diesem Sinne: tschüs und bis balld!

INTERMEZZO I:
BALL AM BALL

und jetzt ball am ball raum spurtet in den freien raum wird von ball angespielt raum zurück zu ball aber rasen geht dazwischen und unterbindet den angriff schon wieder muss man sagen rasen der heute regelrecht über sich hinauswächst da werden die räume auch für raum eng der sich nicht wie gewohnt entfalten kann da kann auch ball mit dem ball nicht so viel anfangen wie sonst wäre für sein spiel darauf angewiesen raum zu finden auch fuß arbeitet gut nach hinten und geht oft dazwischen jetzt ball aber nochmals fuß ball geht auf den zweiten ball der eigentlich gar kein zweiter ball ist und dann pfeift doktor pfiff zeigt auf den punkt und es ist punkt der anlauf nimmt punkt trifft vom punkt macht im tor machtlos bis zur zweiundsiebzigsten minute macht macht den laden dicht dann trifft punkt vom punkt und jetzt wird der raum natürlich noch enger da wird raum auch nicht mehr viel ausrichten können jetzt bringt brink für die schlussphase eck den verteidigerschreck und auf der anderen seite kommt gras der mit rasen perfekt harmoniert wir haben uns eh gefragt warum gras heute nicht von anfang an dabei war auch bank der eigentlich eine bank ist saß heute lange auf der bank und jetzt trifft eck vielleicht doch noch ins eck doch die zeit wird knapp während knapp sich an der seitenlinie warmmacht macht stürmt derweil aus seinem kasten macht macht vielleicht sogar noch das ding das wär natürlich ein ding aber ding stellt sich quer diese dinger sind dings ding da bringt ding nochmal sein ganzes können auf den rasen und rasen hat jetzt raum für einen konter rasen rast über den rasen fleck kommt nicht vom fleck gras unterstützt rasen rot rotiert hochrot im kopf mäht rasen um rot sieht rot und da seh ich jetzt schwarz für die roten spiel kommt für die letzten minuten ins spiel und ist sofort im spiel frank flankt flink zu flick lang verlängert zu kurz da setzt punkt den schlusspunkt pfiff pfeift das spiel ist aus ball und fuß tauschen noch trikots und auch wir verabschieden uns denn unten stehen schon reet und antwort zum interview bereit bis dann bleiben sie dran

#2

Profifußball ist, mehr denn je, auch zu einem Business geworden, in dem Vereine durch das Erschließen von neuen Märkten Einnahmen zu generieren versuchen.

IM OZEANEUM

Guten Abend, liebe Zuschauerinnen und Zuschauer, und herzlich willkommen hier im Ozeaneum zu diesem ersten Unterwasserspiel in der Geschichte des Fußballs, zwischen Bayern München und Real Madrid, viele Tausend Zuschauer hier an der Panoramascheibe vor dem Pottwalbecken – und all die Menschen sind ganz gespannt und das sind natürlich auch wir, Karlheinz, guten Abend!

Ja, guten Abend, auch Ihnen zu Hause!

Auch für uns, Karlheinz, ist diese Premiere ja eine sehr ungewöhnliche Angelegenheit, ich nehme an, auch du hast noch nie etwas Vergleichbares erlebt?

Nein, natürlich nicht, auch für mich absolutes Neuland.

Neuwasser, müsste man ja fast sagen, während wir hier bereit sind für das Einschwimmen der Spieler, die Bayern, angeführt von Manuel Neuer, und Real Madrid, wie könnte es anders sein, von Cristiano Ronaldo, und die Kinder vorne an der Glasscheibe winken ihnen zu. Auf Einlaufkinder wie auf dem Rasen üblich, verzichten die beiden Teams heute ja.

Ja, in der Tat, man hätte die Kinder ja auch mit Sauerstoffflaschen und -masken ausrüsten und da runterschicken müssen, das wollten die Verantwortlichen dann doch nicht. Ein vernünftiger Entscheid, wie ich meine.

Absolut, der ganze Anlass ist ja an sich schon sehr umstritten, dass man den Spielern – und dazu noch so kurz vor dem Auftakt zur Rückrunde – so etwas überhaupt antut, ihnen so etwas überhaupt zumutet.

Ja, natürlich, das kann man so sehen, aber so ist das Businass – das Business. Das Potenzial der

Expansion in Asien scheint für Erste ausgeschöpft, jetzt versuchen die Verantwortlichen halt auf diese Weise, neue Märkte zu erschließen.

Also ich bleibe skeptisch, muss ich sagen, glaube jetzt auch nicht, dass sich da massenhaft Fans einen Neoprenanzug mit der Rückennummer von Thomas Müller kaufen werden. Aber wir freuen uns natürlich auf dieses Spiel und sind gespannt – was für ein Spiel erwartest du, Karlheinz?

Wegen des Widerstands auf jeden Fall ein langsameres Spiel, man hat ja eben beim Münzwurf zur Platzwahl schon gesehen, wie langsam die Münze gefallen ist. Und natürlich werden die Sauerstoffflaschen auf dem Rücken die Spieler in ihren Bewegungen auch etwas einschränken, das Vorankommen sicher schwerfälliger und schwieriger machen.

Auf jeden Fall werden sich die Akteure erstmal an die neuen Bedingungen hier gewöhnen müssen.

Absolut – und nicht zu vergessen der Ball, der sich aufgrund der Kräfte, die hier unten wirken, sicherlich nicht wie sonst kontrollieren, passen oder ins Tor befördern lässt.

Wen siehst du im Vorteil?

Auf jeden Fall Real! Die waren ja zur Vorbereitung des Spiels noch vier Tage auf den Malediven, haben da ganz spezifisch trainiert.

Bei den Bayern hingegen hat sich der Trainer geweigert, so kurz vor dem Rückrundenstart Unterwassertrainings zur Vorbereitung auf das heutige Spiel durchzuführen.

Ja, dabei hätten sie ja am Tegernsee beste Bedingungen vorfinden können.

Oder *im* Tegernsee.

Stimmt, aber so ist Pep, wir kennen ihn. Seine ganze Akribie gilt dem Rasen, ein Spiel wie das heutige ist für ihn nur Zeitverschwendung, auch wenn er damit bei der Vereinsleitung und den Veranstaltern hier aneckt, die es alle gerne gesehen hätten, wenn er dieses Spiel etwas ernster genommen und eine spezifische Vorbereitung angeordnet hätte.

Da überrascht es fast, dass er keine B-Elf auf den Rasen schick... Jetzt bin ich schon ein erstes Mal reingefallen. Und Sie bemerken es, sehr geehrte Zuschauerinnen und Zuschauer, das Spiel verlangt, bevor es überhaupt angefangen hat, auch uns schon einiges ab – sagen wir, dass er keine B-Elf ins Wasser beordert.

Ich fürchte, das dürfte er aus vertraglichen Gründen nicht. Sonst würde er hier wohl sogar die Jugend aufs, äh, ins Wasser schicken und seine Profis von der Angelegenheit hier verschonen.

Andererseits kennen wir auch alle Peps Ehrgeiz, und ich kann mir gut vorstellen, dass er, wenn das Spiel mal begonnen haben wird, sich doch nur mit dem Sieg zufriedengeben wird. Hoffen wir es zumindest für das Spiel!

Ja, das ist zu hoffen, auch damit der sportliche Aspekt hier nicht zu sehr verwässert wird.

Nun, wie dem auch sei, liebe Zuschauerinnen und Zuschauer zu Hause, ich hoffe, Sie verwechseln heute Ihren Fernseher nicht mit Ihrem Aquarium, denn jetzt wird es hier gleich losgehen, die Spieler, man kann nicht sagen stehen, aber sind bereit für das Anspiel – ein Anspiel, das ja, und auch das ist heute speziell, nicht auf dem Boden erfolgen soll, sondern auf halber Höhe zwischen dem Grund und der Oberfläche, auch das eine besondere Herausforderung für die Spieler hier.

Ja, definitiv. Wenn das Feld drei Dimensionen hat, dann befindet sich der Mittelpunkt halt nicht mehr auf dem Feld.

Sondern quasi im Feld, sozusagen – da reichen unsere sprachlichen Möglichkeiten fast nicht mehr aus.

In der Tat. Und apropos Fernseher und Aquarium nicht verwechseln: Es soll ja Leute geben, die schon versucht haben, ihren Fernseher zu füttern.

Da lief im Fernsehen wohl gerade eine Doku über Fische.

So, nun rollt, nun schwimmt also der Ball, meine Damen und Herren, und die Madrilenen, so scheint es, versuchen das Spiel sofort an sich zu reißen, aber man sieht schon, dass es heute sehr schwierig wird – ein bisschen wie in Superzeitlupe wirkt das alles hier unten.

Ja, der Widerstand ist natürlich enorm groß, es ist schwierig, unter diesen Umständen ein sauberes Passspiel aufzuziehen, die Passquote wird leiden, das ist klar.

Die Spieler werden ihr Heil wohl in Einzelaktionen suchen müssen.

Auf jeden Fall.

Das sieht man jetzt auch mit Gareth Bale, der über links nach vorne drängt.

Immer noch Bale, versucht da, so gut es geht, den Ball irgendwie mitzuführen.

Und da schwimmen die Bayern jetzt schon ganz gehörig.

Ja, Kimmich war es schließlich, der da fürs Erste klären konnte, aber lange bleibt der Ball nicht im Besitz der Bayern.

Die Bayern, die Mühe bekunden, ihr gewohntes Spiel aufzuziehen.

Wobei sich auch die Madrilenen schwertun, mit dem Ball etwas anzufangen, ein sehr zerhacktes Spiel im Moment, sehr viel Geplänkel im Mittelfeld, da fehlt es, paradoxerweise, absolut an Flüssigkeit.

Noch nie, meine Damen und Herren, hätte etwas mehr Flüssigkeit einem Spiel so gutgetan wie jetzt diesem hier!

Dem ist so, absolut, und das wird auch Pep nicht gefallen, das ist nicht das Spiel, das er sich vorstellt, das ist nicht sein Spiel.

Er wirkt auf jeden Fall sehr reserviert hinter seiner U-Boot-Luke auf der gegenüberliegenden Seite, blickt sehr kritisch drein.

Und das soll jetzt kein Vorwurf sein an seine Adresse, aber ich finde, man merkt seinen Spielern doch an, dass sie ohne spezifische Vorbereitung in dieses submerse Setting katapultiert worden sind.

Auf jeden Fall, Joshua Kimmich ist der Ball schon mehrmals vom Fuß geflutscht, Robert Lewandowski tut sich mit der Rolle als schwimmende Neun schwer, und selbst Manuel Neuer wirkt nicht wie der Manuel Neuer, den wir sonst kennen.

Jetzt aber kann Thomas Müller für etwas Entlastung sorgen.

Wird bedrängt von Pepe.

Müller… Holt die erste Ecke des Spiels heraus!

Dieser Thomas Müller ist wirklich mit allen Wassern gewaschen.

Heute mehr denn je.

Und Müller will die Ecke selbst treten, wie es aussieht!

In der Mitte kommt es aber zu einem Gerangel, Ramos und Lewandowski sind einander ins nasse Haupthaar geraten, das Spiel vorerst unterbrochen.

Der Schiedsrichter crawlt herbei, versucht die erhitzten Gemüter wieder etwas zu beruhigen.

Ja, da sind die Emotionen etwas hochgegangen, der Unparteiische muss intervenieren, damit wieder Ruhe einkehrt.

Und Müller nimmt nun Anlauf...

Ein Tor würde den Bayern natürlich Auftrieb geben.

Aber das Ganze verpufft nun doch ziemlich wirkungslos.

Ja, viel Aufregung um nichts.

Ein Sturm im Wasserglas, Karlheinz.

Im wahrsten Sinne des Wortes.

Und die Bayern, die jetzt aufpassen müssen!

Ja, tatsächlich, jetzt wieder Real in der Vorwärtsbewegung...

Ein Duell zwischen Kimmich und Ronaldo...

Und: Der Schiedsrichter pfeift!

Das Spiel ist unterbrochen!

Der Unparteiische zeigt auf den Elfmeterpunkt, unglaublich!

Was ist denn hier geschehen, meine Damen und Herren!

Da bin ich mir also überhaupt nicht sicher, ob das tatsächlich ein Foul war. Das würde ich mir gerne nochmal ansehen!

Ja, heikle Situation jedenfalls im Strafraum der Bayern. Schauen wir uns die Szene nochmal an!

Ja, schwierig zu sagen. Trotz der gestochen scharfen Bilder, die uns die zahlreichen Unterwasserkameras hier liefern.

Ein sehr umstrittener Entscheid jedenfalls.

Ja, verständlich, dass sich die Bayern beschweren.

Kopfschütteln auch bei Pep, da drüben in seinem U-Boot.

Und das wäre jetzt ein denkbar ungünstiger Moment so kurz vor der Pause.

Ja, aber noch ist nichts verloren, noch haben die Madrilenen nicht getroffen.

Ja, den Elfmeter müssen sie erst mal versenken und unter diesen Bedingungen ist das nicht das Einfachste.

Nicht nur, dass Manuel Neuer im Tor steht, auch die Physik spielt hier mit!

Archimedes ist in diesen Sekunden ein Bayer!

Hoffen wir's!

Der sogenannte zwölfte Mann!

Und Ronaldo legt sich derweil den Ball zurecht. Und schon das ist kein Einfaches, er versucht, sich den Ball zurechtzulegen! Unglaublich, diese Bedingungen hier!

Ja, absolut!

Jetzt aber: Ronaldo gegen Neuer! Der Portugiese nimmt Anlauf...

Übers Tor!

Ronaldo trifft das Tor nicht! Glück für die Bayern!

Ja, da musste Manuel Neuer nicht einmal eingreifen.

Ein Gegentreffer so kurz vor der Pause wäre denkbar unglücklich gewesen, aber so werden die Bayern, wenn sie in den verbleibenden zwei Minuten nichts mehr anbrennen lassen, mit einem Null-zu-null in die Pause gehen können, mit einem Null-zu-null an Land gehen können.

Und da erstmal wieder Kräfte sammeln, sich nochmal neu sortieren und orientieren können.

Am Rasen wird's heute jedenfalls nicht gelegen haben, dass die Bayern noch nicht so richtig auf Touren gekommen sind.

Definitiv nicht! Und auch am Regen nicht. Ist ja alles indoor hier.

Der wasserdichteste Sportplatz Europas!

Mindestens!

Und in diesem Augenblick, meine Damen und Herren, wirft der Schiedsrichter nochmals einen kurzen Blick auf seine Taucheruhr am linken Handgelenk und pfeift die erste Halbzeit ab. Dann sind wir also gespannt, wie sich das Spiel in der zweiten Hälfte weiterentwickelt! Bleiben Sie dran!

INTERMEZZO II:
OHNE WENN UND ABER

Herr K., Ihre Mannschaft musste heute ohne Wenn und Aber antreten – wie stark hat sich das auf die Leistung Ihrer Elf ausgewirkt?
Ja, ohne Wenn und Aber fehlt uns ohne Wenn und Aber in manchen Situationen ein bisschen die Entschlossenheit, auch andere Spieler funktionieren ohne Wenn und Aber nicht so gut wie sonst, ich glaube, das hat man heute in einigen Szenen ohne Wenn und Aber sehen können, aber wir werden jetzt natürlich hart arbeiten und nächsten Samstag werden wir ohne Wenn und Aber wieder bereit sein fürs nächste Spiel.
Sie liefern schon das Stichwort: nächsten Samstag – werden Sie da wieder ohne Wenn und Aber antreten?
Nein, mit Wenn und Aber.
Ohne Wenn und Aber?
Nein, *mit* Wenn und Aber!
Ich meinte, ohne Wenn und Aber mit Wenn und Aber?
Ja, ohne Wenn und Aber.
Mit Wenn und Aber?
Ja, ohne Wenn und Aber mit Wenn und Aber.

#3

Richtige Neun, falsche Neun oder sogar falsche falsche Neun? Wir haben mit dem Bundestrainer über diese wichtige taktische Frage gesprochen.

FALSCHE NEUN

Herr Bundestrainer, Sie haben in der heutigen Startelf gegen Norwegen auf Mario Götze gesetzt, obwohl er aus einer Verletzung kommt und die Verantwortlichen in seinem Verein es offenbar lieber gesehen hätten, wenn er die Länderspielzeit für ein resolutes Aufbautraining hätte nutzen können – können Sie uns erklären, warum Sie Mario Götze trotz dieser Umstände eingesetzt haben?

Ja, natürlich, das hängt ursächlich damit zusammen, dass es unser Plan war, gegen Norwegen mit einer falschen Neun zu spielen, und Mario Götze ist nun mal unsere beste richtige falsche Neun.

Gegen Norwegen hat das ja sehr gut geklappt, andere Mannschaften haben allerdings begonnen, durch das Aufstellen eines falschen Innenverteidigers auf das System mit der falschen Neun zu reagieren. Wäre es gegen derart agierende Teams für Sie in Zukunft denkbar, wieder auf eine richtige Neun zu setzen – gerade um dadurch die falsche Innenverteidigung so richtig zu düpieren?

Als Bundestrainer schätze ich mich ja in der glücklichen Lage, für jede erdenkliche Situation, die sich auf dem Feld, auf dieser durch das Regelwerk klar definierten Rasenparzelle, ergeben könnte, über die richtigen und geeigneten Spezialkräfte zu verfügen, und selbstverständlich bleibt da der Einsatz einer richtigen Neun, und damit meine ich eine richtige richtige Neun, eine Option, auf die wir gegebenenfalls, sollten wir dies für adäquat halten, jederzeit zurückgreifen könnten.

Eine andere Möglichkeit wäre ja zu sagen, wir versuchen es gegen die richtige falsche Innenverteidigung mit einer falschen falschen Neun.

Ja, sehen Sie, natürlich könnte ich jetzt sagen, wir versuchen es mit einer falschen falschen Neun. Das lässt sich punktuell vielleicht nicht ausschließen, aber es entspricht grundsätzlich nicht unserem Anspruch und es darf für uns nicht zur Gewohnheit werden, mit einer falschen falschen Neun zu spielen.

Die Frage wäre dann ja auch, welcher Spieler in so eine Rolle schlüpfen könnte. Wäre Mario Götze allenfalls auch in der Lage, eine falsche falsche Neun zu interpretieren? Oder Marco Reus?

Beide Spieler, die Sie genannt haben, wären dazu sicherlich in der Lage. Aber beide haben auch Qualitäten, mit denen sie uns auf jeden Fall noch ganz anders helfen können als auf der falschen falschen Neun.

Die Frage, wie weit man da gehen will, ist ja dann irgendwann auch mal grundsätzlicher Natur – wenn der Gegner zum Beispiel mit einer falschen falschen Innenverteidigung reagieren würde, würde man es dann mit einer falschen falschen

falschen Neun versuchen? Verstehen Sie, was ich meine?

Ja, natürlich. Deshalb meinte ich ja auch, dass es nicht unser Anspruch sein darf, mit einer falschen falschen Neun zu spielen. Ich wäre hier fehl am Platz, wenn ich nicht mit aller Vehemenz und Überzeugung die Auffassung vertreten würde, dass wir auch gegen eine richtige falsche oder eine falsche falsche Innenverteidigung mit einer richtigen richtigen oder einer richtigen falschen Neun spielerische Lösungen zu finden imstande und in der Lage sind.

Herr Bundestrainer, vielen Dank für diese Ausführungen.

Sehr gerne.

#4

Die Vereine aus der englischen Premier League oder der spanischen La Liga dominieren Europas Fußball? Nein, die Hauptstadt des Fußballs heißt Mailand – oder Mailand.

MAILAND ODER MAILAND, HAUPTSACHE ITALIEN

Herzlich willkommen, liebe Zuhörerinnen und Zuhörer, zum Europapokalfinale zwischen Mailand und Mailand.

Ein Finale zwischen dem AC Mailand und Inter Mailand, um ganz präzise zu sein.

Und es ist ein Ereignis von absolut historischer Dimension, liebe Zuhörerinnen und Zuhörer, denn noch nie haben sich im Endspiel des Europapokals zwei Mailänder Klubs gegenübergestanden.

So ist es. Ein Halbfinale hat es schon gegeben, aber das Endspiel ist eine absolute Weltpremiere für den Mailänder Fußball – und für den italienischen Fußball überhaupt.

Ein Mailandstein in der Geschichte des italienischen Fußballs, meine Damen und Herren.

Ein bisschen so, als würden sich die Bayern und 1860 im Endspiel gegenüberstehen.

Nur, um Ihnen die Dimensionen aufzuzeigen, liebe Zuhörerinnen und Zuhörer.

Oder der HSV und Pauli.

Die Liste ließe sich beliebig weiterführen, und Sie merken, meine Damen und Herren, das Ganze übersteigt beinahe unsere Vorstellungskraft.

Union gegen Hertha, natürlich.

Mit dem Unterschied, dass die beiden Mailänder Klubs sogar im selben Stadion zu Hause sind, ihre Heimspiele beide im selben Stadion austragen.

Ein Stadion übrigens, und ich sage das, während wir hier schon Platz genommen haben, ein Stadion, über dem den ganzen Tag schon tiefer Nebel hängt.

Seit der Früh hängt tiefer Nebel nicht nur über dem Stadion, sondern über ganz Mailand.

Ein tiefer, grauer, undurchdringlicher Nebel.

Ein Nebel, den man so nicht oft gesehen hat.

Ein Nebel, für den es, bei aller Undurchdringlichkeit, aber auch eine Erklärung gibt, denn es ist relativ kühl hier, und die Poebene trägt natürlich ihr Übriges dazu bei.

So ist es, wir sind hier nicht in den Alpen und auch nicht...

Aber das Spiel wird zum Glück stattfinden können.

Kaum auszudenken, wenn das Spiel hätte abgesagt werden müssen.

Ja, aber es wird nun in Bälde losgehen, meine Damen und Herren.

Es ist nur noch eine Frage der Zeit, bis es hier – und nun ist es gar keine Frage der Zeit mehr, denn soeben ist es hier losgegangen.

Keine Zeit mehr für die Wetterkunde, denn hier rollt nun der Ball.

Ja, und die Mailänder in roten Hemden mit weißen Hosen und weißen Stutzen.

Und auf der anderen Seite die Mailänder in dunkelblauen Hemden mit schwarzer Hose und blauen Stutzen, wie ich es schon angedeutet hatte.

So ist es, und eines ist jetzt schon klar, bevor die erste Minute des Spiels überhaupt gespielt ist, Mailand wird gewinnen.

Und trotzdem blicken wir gespannt auf dieses Spiel.

Weil wir noch nicht wissen, wer gewinnen wird.

Es wird heute nicht nur sehr spannend, sondern auch sehr philosophisch.

Absolut, da stecken wir schon tief drin – nicht nur im grauen, undurchdringlichen Nebel, sondern auch in der Philosophie.

Und die Mailänder schon mit einem ersten Angriff über die rechte Seite.

Aber die Mailänder Abwehr steht so dicht, wie es der Nebel hier ist, und kann den Angriff fürs Erste unterbinden.

Und jetzt ein Gegenangriff auf der anderen Seite und...

Tor!

Tor, Tor, Tor!

Tor in Mailand, meine Damen und Herren!

Der Ball ist drin, Mailand geht in Führung.

Der Ball fliegt ins Eck und zappelt im Netz.

Was für ein Treffer!

Und natürlich sind wir gespannt, ob die Mailänder auf diesen frühen Rückstand reagieren können.

Die Spannung bleibt aufrecht, meine Damen und Herren, und natürlich bleiben auch wir auf dem Posten, um weiterzugeben, was wir da noch erhaschen können an Eindrücken und Wahrnehmungen im Nebel, der immer dichter wird, der immer undurchdringlicher wird.

Und soeben hören wir von der Regie, dass es ein Rauschen gibt in der Leitung, aber ich hoffe, Sie hören uns noch, meine Damen und Herren, wir bleiben dran für Sie, wir bleiben auf dem Posten.

⚽ ⚽ ⚽

Was für ein Spiel! Lange haben die Mailänder in Führung gelegen, haben wie der sichere Sieger ausgesehen, aber in buchstäblich letzter Sekunde haben die Mailänder das Spiel noch gedreht und sich doch noch den Titel gesichert.

Was für eine Leistung von Mailand!

Und was für eine Enttäuschung für Mailand!

So ist der Fußball.

Ja, so ist er, der Fußball.

Immerhin hat das Spiel stattfinden können.

Kaum auszumalen, wenn das Spiel wegen Nebels hätte abgesagt werden müssen.

Dann wüssten wir nicht, ob Mailand oder Mailand gewonnen hätte.

Aber so ist der Fall klar.

Zum Glück, werden Sie sagen, meine Damen und Herren.

Der Ball ist rund.

Und der Nebel kann noch so dicht sein, noch so undurchdringlich sein.

Aber am Ende heißt der Sieger Mailand.

So ist der Fußball.

Ja, so ist er, der Fußball.

Der Ball, der klatscht, der Ball, der springt.

Der Ball, der hüpft.

Der Ball, der fliegt.

Und damit geben wir zurück ins Funkhaus, meine Damen und Herren.

Mit den Fangesängen im Hintergrund.

Auf Wiederhören, bis zum nächsten Mal!

Die geneigte Leserin, der geneigte Leser mag hier nicht nur eine Abwandlung des zumindest im deutschsprachigen Raum weltberühmten Mailand-oder-Madrid-Spruchs („Mailand oder Madrid, Hauptsache Italien") im Titel des Textes, sondern womöglich auch ein paar Fragmente aus Collagen von Ror Wolf im Textkörper erkannt haben.

#5

Für einen ambitionierten Trainer hört der Fußball nicht am Rande des Platzes auf – und der Platz nicht im Stadion oder auf dem Trainingsgelände.

FUSSBALL TOTAL / FELD SHUI

Thomas, wir sollten langsam ans Kochen denken, Lisa und Peter wollen ja so gegen sieben hier sein.

Ja, was hast du denn vorgesehen?

Ein Gemüserisotto.

Okay, und was dazu?

Also, ich habe gedacht, einfach nur ein Gemüserisotto.

Hm, also ich finde, da könnten wir ruhig ein bisschen mehr bekochen – ist das wirklich alles, was du dir vorgenommen hast?

Ja, warum nicht? Wir sollten uns aufs Wesentliche konzentrieren, sagst du doch immer. Und letztes Mal, als wir bei Lisa und Peter waren, haben sie ja auch nur was ganz Einfaches gekocht.

Mag sein, aber mein Ehrgeiz ist völlig unabhängig von dem, was Lisa und Peter gekocht haben. Wir müssen uns frei machen von der Konstellation, auch gegen Lisa und Peter mit größter Hingabe und tiefster Konzentration vorgehen, die Räume bekochen, die wir bekochen wollen, auch wenn heute nicht Real Madrid bei uns zu Gast ist.

Dann kochen wir einfach dieses Risotto mit höchster Hingabe.

Das ist, angesichts der Ausgangslage, auf jeden Fall Teil unserer Aufgabe, dass wir uns frei machen von der Situation, dass es, in Anführungszeichen, bloß ein Risotto ist, und uns auch da mit der gleichen Intensität und der gleichen Schärfe reingeben. Gerade nachdem wir am Mittwoch noch in der Champions League gekocht haben, ist das jetzt auch eine Aufgabe.

Schneidest du das Gemüse? Ich kümmere mich dann um den Reis.

Hast du das Schneidebrett fürs Gemüse gesehen?

Da drüben, neben der Taktiktafel.

Super. Und hast du dir schon überlegt, wann du die Karotten einwechseln willst?

Ach, ich würde sagen, so in fünf Minuten kann man die ruhig mal dazugeben.

Gut!

Thomas setzt die Stoppuhr in Gang.

Thomas, wäre es in Ordnung, wenn ich dich hier erstmal allein zum Rechten schauen lasse? Dann würde ich nochmal kurz raufgehen und mich schon mal umziehen.

Ja, dafür sind wir auch auf diesem Level absolut bereit.

Frau T. tritt ab, Thomas kümmert sich allein ums Kochen, bis sie nach zweiundzwanzig Minuten und siebenundvierzig Sekunden wieder aus der Kabine kommt und aufs Neue den fein vertikutierten Küchenrasen betritt.

So, da bin ich wieder. Wie läuft's denn bei dir?

Ich finde, wir haben das ganz ordentlich gelöst. Am Anfang war's nicht ganz so einfach, es hat sich alles ein bisschen zäh angefühlt, gerade nachdem wir noch in der Champions League gespielt hatten, ein bisschen Müdigkeit vielleicht, nicht ganz die Frische. Vielleicht haben wir uns auch zu viel vorgenommen, die Karotten hatten etwas Mühe, die Räume zu finden, die wir uns zu bekochen vorgenommen hatten, auch weil der Reis die Räume sehr eng gemacht hat, aber dann haben wir immer besser ins Spiel gefunden, und das Sieden des Wassers hat dann unserem Kochen auch nochmal die Verstärkung gegeben, die wir brauchten.

Und was hast du denn da noch dazugegeben? Petersilie – und Dill?

Ja, wir hatten uns ja erst dafür entschieden, sie auf der Fensterbank zu lassen, aber zur Halbzeit hat der Reis nicht ganz so geschmeckt, wie wir uns das vorgestellt und vorgenommen hatten. Deshalb habe ich mich dann ganz bewusst dafür entschieden, mit zwei frischen Kräften nochmal gezielt eine neue Dynamik da reinzubringen, und beide haben das sehr gut gelöst, sind sofort in die Räume reingegangen, haben ihre Positionen sehr gut besetzt und mit dazu beigetragen, dass wir dann insgesamt sehr gut dagestanden haben.

Das hört sich ja wunderbar an. Und hast du auch daran gedacht, ein paar butterweiche Flanken hinzuzugeben?

Natürlich. Gegen Lisa und Peter sind solche Bälle auf jeden Fall ein probates Mittel, auch wenn der Reis nicht unbedingt der ideale Zielspieler dafür ist.

Und wie ist es mit den...

Ein schriller Laut, als käme er von einer Fox-40-Schiedsrichterpfeife, hallt durch die Räume.

Oh, jetzt klingelt's! Das sind dann wohl schon Lisa und Peter!

Perfekt! Wir brennen darauf, auf dem absolut höchsten Niveau abgeprüft zu werden! Lass sie uns mit der gleichen Intensität, mit der wir am Mittwoch agiert haben, empfangen!

Natürlich, wie immer. Apropos Brennen: Machst du den Herd noch aus?

Sicher, das ist auf jeden Fall ein fester Bestandteil des Ablaufs, den wir uns auch auf diesem Level angewöhnt haben.

Frau T. wirft nochmals einen Blick auf den bereits gedeckten Tisch im Anspielkreis und bewegt sich dann auf einem einstudierten Laufweg durch den Sechzehner hindurch in Richtung Tür, als sich Thomas plötzlich von der Seitenlinie meldet.

Schatz, warte mal! Was servieren wir eigentlich zum Aperitif?

Hol einfach was aus dem Rückraum!

Super, dann sind wir bereit!

⚽ ⚽ ⚽

Frau T. öffnet die Tür.

Schön, dass ihr da seid. Kommt rein!

Gerne. Danke für die Einladung.

Voll gerne, wir haben uns schon lange darauf gefreut, euch wiederzusehen.

Wir uns auch total. Ist ja auch schon 'ne ganze... Wow, ihr habt ja in der Wohnung einen Rasen verlegt!

Ja, wir lieben das einfach. Und Thomas fühlt sich gleich viel entspannter, wenn er den Duft des Rasens riecht.

Cool, hat nicht jeder.

Ja, ist ein Engländer aus dem Jahr 2021, den wir letztes Jahr ausgerollt haben. Hat sich echt bewährt. Thomas kann dir sicher die Koordinaten des Herstellers übermitteln, falls du Interesse hast.

Das wäre toll, danke.

Aber nicht, dass du jetzt auf die Idee kommst, bei uns zu Hause auch...

Warum nicht? Schau dir doch das mal an! Absolut fantastisch, so'n Platz zu Hause. Und da drüben stehen die Tore, kuck mal.

Ach, Peter, komm.

Na ja, ihr könnt das ja noch in Ruhe besprechen. Und die Jacken könnt ihr auf jeden Fall schon mal hier aufhängen.

Gerne... Was sind das denn für interessante Garderobenhaken? Die hängen ja einfach von der Decke runter.

Ja, hängende Spitze heißt das Konzept. Haben wir bei Kickea gefunden. Dadurch sind die Wände frei für einen Wandspieler.

Hammermäßig ist das.

Ja, der Thomas tüftelt auch zu Hause gerne an der richtigen Aufstellung. Aber gehen wir erstmal da lang.

Links?

Ja, genau. Nach dem Videostudium haben wir uns bewusst dafür entschieden, heute vermehrt über links zu kommen. Asymmetrisches Überladen der Halbräume nennen wir das.

Hey Thomas, grüß dich.

Servus Peter, servus Lisa.

Toll sieht's aus bei euch mit dem Rasen.

Danke. Es ist wirklich ein Genuss, ihn jeden Morgen wieder aufs Neue betreten zu dürfen.

Fantastisch! Und die Sessel hier sind auch neu, oder?

Nicht ganz, die haben wir einfach neu als Viererkette angeordnet. Ist aber nicht in Stein gemeißelt, denn wir wollen ja immer imstande bleiben, flexible Lösungen zu finden für die Aufgaben, die uns gestellt werden.

Super! Und hier – das ist ja ein origineller Klappstuhl!

Sieht ein bisschen so aus, ja, ist aber ein diametral abkippender Sechser. Haben wir so herstellen lassen. Ist für die Spieleröffnung von unschätzbarem Wert.

Cool, und der Esstisch steht auch gleich daneben.

Ja, wir haben uns heute bewusst für eine möglichst kompakte Formation entschieden, damit wir leichter ins Pressing – oder ans Essen – kommen.

Leichter ans Essen kommen hört sich gut an. Aber das heißt, ihr stellt das immer wieder um?

Ja, wir wollen auf jeden Fall variabel bleiben. Wenn wir zum Beispiel Gäste mit kleinen

Kindern haben, stehen wir natürlich viel tiefer, damit die Kids nicht im Rücken der Abwehr enteilen können. Im Rücken der Eltern, meine ich natürlich. Das sind Fragen, die wir uns immer wieder stellen. Gibt es Räume, die wir ganz bewusst bespielen wollen, Zonen, die wir überladen wollen, wie ist die Raumaufteilung, die wir haben wollen, damit die Energie auf dem Rasen möglichst gut fließt und wir mit Leichtigkeit ins Spiel finden.

Absolut klasse, ich bin echt beeindruckt.

Das will ich hoffen. Aber setzt euch doch schon mal und ich hol dann die Vorspeise.

Aber Thomas, wir können euch doch gern helfen.

Danke, das ist sehr nett, aber ihr könnt euch heute einfach auf die ruhenden Bälle am Tisch konzentrieren. Ich übernehme dann die Läufe in die Tiefe. Viel ist es eh nicht, denn wir haben uns heute ganz bewusst dafür entschieden, uns aufs Wesentliche zu konzentrieren und die kleinen

Dinge, die vermeintlich kleinen Dinge, richtig zu machen.

Das hört sich spannend an. Dürfte ich noch kurz ins Bad?

Natürlich. Das Bad ist da drüben.

Da?

Ja, genau. Den Passweg haben wir bewusst nicht zugestellt. Die einzige Herausforderung besteht darin, nicht aus dem Abseits zu starten. Da brauchen wir für die Vertikalität einfach das richtige Timing in unseren Bewegungen.

Ich werde mich bemühen. Habt ihr eigentlich auch einen Videoschiedsrichter zu Hause?

Zur Wahrung der Privatsphäre haben wir bisher darauf verzichtet. Aber vielleicht werden wir nächstes Jahr im Weinkeller einen Videokeller einrichten.

Einen privaten Kellner Köller... Kölner Keller, meine ich.

Genau! Apropos Kellner...

Thomas setzt zum Tiefenlauf in die Küche an, um die Vorspeise zu holen.

So, darf ich bitten: Zum Einstieg als Toe-Food erstmal gefrorene Chipbälle auf einer Grashalmraute.

Danke, das hört sich ja vielversprechend an.

Ja, total. Guten Appetit!

Guten Appetit – und auf uns!

INTERMEZZO III:
OHNE WENN UND ABER (2)

Herr K., wir haben gehört, dass Wenn und Aber fürs nächste Spiel weiter ausfallen. Ist das richtig?
Nein, Wenn fällt weiter aus, außerdem wegen einer Zerrung auch Kandelaber, aber Aber kehrt zurück.
Das heißt, Sie werden im nächsten Spiel nicht ohne Wenn und Aber antreten müssen?
Nein, aber ohne Wenn und Kandelaber.
Und was ist mit Kahl-Auer?
Er ist wieder da, aber er hat noch Trainingsrückstand.
Für Samstag wird das nix?
Nein, da müssen wir auf ihn verzichten.
Verstehe, vielen Dank, Herr K.
Immer gerne.

#6

Kann deutsche Ingenieurskunst dem DFB-Team nach den vergeigten Weltmeisteschaften 2018 und 2022 aus der Krise helfen?

OHNE-TOUCH-FUSSBALL

Heute, liebe Zuschauerinnen und Zuschauer von *Steilpass*, entführen wir Sie in die geheimnisvolle Welt einer unterirdischen Firma unweit der ehemaligen DFB-Zentrale in der Otto-Fleck-Schneise. Hier, in dieser grauen, stickigen, lauten Industrieanlage, in der man das eigene Wort kaum versteht, tüfteln Ingenieure an der Zukunft des deutschen Fußballs. Und das, was Sie hier hören, meine Damen und Herren, dieses Rattern der Gerätschaften, dieses Dröhnen in den grauen Röhren und Blechschächten, die Sie da im Hintergrund sehen, ist nicht etwa ein lautes, ohrenbetäubendes Klagen über das enttäuschende Abschneiden der deutschen Mannschaft bei den letzten internationalen Turnieren, sondern, wenn man dem zuständigen Geschäftsführer glauben möchte, bereits die Verheißung einer erfolgreicheren Zukunft, wie er für uns erläutert:

„Wir arbeiten daran, eine lautlose Laubbläserfunktion in Fußballschuhe zu integrieren, damit die Spieler in Zukunft auch kontaktlos Pässe spielen können, indem sie den Ball mithilfe unserer Technologie in die gewünschte Richtung blasen, bevor er überhaupt bei ihnen angekommen ist. Dadurch könnten die Spieler den Shift vom One-Touch- zum Ohne-Touch-Fußball schaffen."

Was dies konkret bedeutet und inwiefern der No-Touch-Fußball dem deutschen Spiel einen neuen Touch verleihen könnte, führt ein langjähriger Fußballlehrer, der in den Ausbildungsgängen des Deutschen Fußballbundes für die Taktikmodule verantwortlich zeichnet, für uns aus:

„Bisher galt es als höchste Kunstform, den Ball mit nur einer Berührung – *one touch* – direkt weiterzuspielen, um das Spiel schnell zu machen und Lücken in der Abwehr des Gegners zu nutzen. Durch die kontaktlose Weiterleitung des Balls hätten die Jungs nun einen noch viel größeren Vorteil in Sachen Raum und Zeit. Außerdem würde so die Möglichkeit bestehen, Bälle in die Tiefe zu spielen, ohne dass die Abseitsregel greift

– denn eine Berührung des Balls durch den, in Anführungszeichen, Passgeber hätte ja nicht stattgefunden."

Auch ein anderer DFB-Lehrer bläst ins gleiche Laub – beziehungsweise ins gleiche Horn: „Es wäre ein absoluter Quantensprung. Es ist nicht übertrieben zu sagen, dass unsere Jungs damit in einer ganz anderen Dimension unterwegs wären."

Alles nur heiße Laubbläser-Luft oder tatsächlich die Zukunft des deutschen „Fuß"-Balls?

Mit dieser heißen Frage geben wir zurück ins Studio.

INTERMEZZO IV:
DR BALL ISCH RUND (FREIBURG-SPECIAL)

Während die halbe Fußballwelt verrücktspielt und ein Hype den nächsten jagt, bleibt der Ball im beschaulichen Breisgau besonders rund.

Ich will Ihne was sage: Ich war neulich auf dr Poscht.
Weil ich ein Paket verschicke wollt.
Ein Fußball.
Und da hat die Angeschtellte auf dr Poscht gsagt, das geht nicht.
Und ich hab gfragt: Wie, das geht nicht? Verschtehe Sie?
Und sie hat gsagt, das geht nicht mit unsere Richtlinie, Sie könne kei runds Paket verschicke.
Und ich hab halt gsagt: Das isch ein Fußball, ich kann dä nid eckig mache.
Und da hat die Angeschtellte gsagt, warte Sie mal – und hat so ä Karton-Box ausm Regal gholt und zu mir gsagt: Schaue Sie, das Runde muss halt ins Eckige.
Und da hab ich zu ihr gsagt: Viele Dank, zum Glück wisse Sie noch, wie beim Fußball die Poscht abgeht.

#7

Vom malerischen Freiburg zurück auf die Weltbühne, denn das WM-Vergabe-Komitee des Weltfußballverbandes beschreitet unkonventionelle Wege – wir berichten über die neueste Entscheidung.

BALLFERN

Alexander, guten Tag, Sie haben heute für uns die Abstimmung zur Vergabe der Fußballweltmeisterschaft 2038 mitverfolgt und – entgegen den Erwartungen und wohl auch zum Entsetzen der führenden Expertinnen und Experten – ist die WM an ein Land vergeben worden, in dem Bälle qua Gesetz verboten sind. Wie ist es zu diesem doch sehr überraschenden Entscheid gekommen?

Dazu gibt es unterschiedliche Hypothesen, aber ich möchte mich nicht an Spekulationen beteiligen. Sagen wir mal, dass für die Delegierten des Weltverbands wahrscheinlich der Wille zur

Innovation und das Gesamtpaket den Ausschlag gegeben haben dürften.

Wird das Gesetz, gemäß dem Bälle in dem Land strengstens verboten sind, bis zum Start des WM-Turniers noch angepasst werden – oder wird es für die Veranstaltung einfach eine Ausnahmeregelung geben?

Davon ist nicht auszugehen. Stand heute ist eher damit zu rechnen, dass die WM tatsächlich ohne Ball stattfinden wird.

Eine WM ohne Ball?

Ja, tatsächlich ist zu erwarten, dass die Mannschaften trotzdem auflaufen werden – einfach ohne Ball.

Unglaublich. Wie werden sich die Teams darauf vorbereiten? Neunzig Minuten ohne Ball dürften ja für viele Mannschaften zur Herausforderung werden – vor allem für diejenigen natürlich, deren Spiel in der Regel auf Ballbesitz ausgelegt ist.

Absolut. Da dürfte dem Spiel ohne Ball in den Überlegungen der Trainer auf jeden Fall eine zentrale Rolle zuteilwerden. Und wie sich beispielsweise der ballnahe und der ballferne Sechser unter diesen neuen Begebenheiten die Arbeit auf dem Platz aufteilen werden, könnte noch zu einigen taktischen Experimenten Anlass geben. Allerdings dürfte der Druck auf die Spieler etwas geringer sein als bei früheren Weltmeisterschaften, da durch das Spiel ohne Ball aller Wahrscheinlichkeit nach keine Tore – und somit auch keine Gegentore – fallen werden. So wird wohl in den meisten Fällen weder ein Abwehrfehler noch eine individuelle Glanztat, sondern schlicht und einfach das Los über das Weiterkommen der Teams entscheiden – für die Spieler auf dem Platz letzten Endes eine viel entspanntere Ausgangslage.

Es könnte also durchaus zu einer WM der Außenseiter kommen?

Absolut, für Spannung ist auf jeden Fall gesorgt. Denn das kleine Gastgeberland mit seinen wenigen Einwohnern dürfte durch die Losentscheidungen die gleichen Chancen auf den Titel haben wie die üblichen Favoriten aus Deutschland, Brasilien oder Argentinien – und dies, obwohl es aufgrund des im Lande geltenden Ballverbots bis anhin noch nie auch nur ein Spiel bestritten hätte.

Wahnsinn, das klingt ja fast surreal – aber ob die Fans der großen Fußballnationen so was goutieren werden?

Das scheint mir tatsächlich eine berechtigte Frage zu sein – allerdings hat eine breit angelegte Umfrage eines großen Meinungsforschungsinstituts ergeben, dass 87 Prozent der deutschen Fans eine WM ohne Ball nicht so schlimm finden würden wie eine WM ohne Bier.

Danke für diese ersten Einschätzungen. Und natürlich wird Alexander Sie, liebe Zuschauerinnen und Zuschauer, auch weiterhin auf dem Laufenden halten mit allem Wissenswerten rund um die WM 2038. Danke, Alexander.

Gerne, wir bleiben am Ball.

INTERMEZZO V:
MÄNNER, WIR HABEN JETZT DIESEN FILM ÜBER PIN-GUINE GESEHEN

> *Nach einem Film über Graugänse im Vorfeld der WM 2022 versucht der Bundestrainer nun, die Mannschaft mit einer Doku über Pinguine auf das nächste Großereignis vorzubereiten.*

Männer, wir haben jetzt diesen Film über Pinguine gesehen. Wer hat eine Idee, was wir da draus lernen können?
(Betretene Gesichter im Raum.)
Männer, wir sind zum Reden da, ja?
(Weiterhin Schweigen.)
Männer, mir geht's auch aufn Sack: Es ist arschkalt hier und in Deutschland interessiert sich kein Schwein für diese WM am Südpol. Aber: Wir haben eine Aufgabe hier. Und dafür können wir von den Pinguinen lernen.
Also: zwei Dinge, die wir lernen können, Männer. Erstens: Die Pinguine stehen total dicht beieinander. Das ist die Kompaktheit, die auch wir suchen. Maximale Kompaktheit, Männer. Und ihr alle wisst: Das können wir noch besser.

Und zweitens, Männer: Die Pinguine stehen immer abwechselnd am Rand der Gruppe – und an diesem Verhalten werden auch wir uns mit unserer Aufstellung orientieren.
(Kunstpause – und lange Gesichter im Raum.)
Männer, ich sag's euch gleich: In diesem Turnier spielen alle mal Außenverteidiger – wie bei den Pinguinen. Jo, Kai, Leon, Niklas, Thomas, Nico – und so weiter, jeder kommt mal dran. Jeder! Das ist unser Spirit!
Männer, ich sag's euch: Was die Pinguine schaffen, schaffen auch wir!
Also: Packeis! Äh: Pack ma's!

#8

Nicht nur im deutschen Fußball, sondern auch auf österreichischen Plätzen wird höchst innovativ gearbeitet – deshalb an dieser Stelle ein kurzer Blick über die Grenze.

WIE DIE LÖCHER INS ERNST-HAPPEL-STADION KAMEN

Noch rätseln sie, die Expertinnen und Experten, noch können sie es sich nicht erklären, die Tiefbauingenieure, Hydrogeologinnen und Agrarwissenschaftler der Universität für Bodenkultur und Rasenpflege, wie es dazu kommen konnte, dass sich am Abend des sechsten Juni, unmittelbar nach dem Ende des Länderspiels zwischen Österreich und Dänemark, im Ernst-Happel-Stadion unvermittelt ein Loch im Rasen auftat, ein kraterartiges Loch, das um ein Haar den einen oder anderen Akteur des Abends verschluckt hätte.

„Wir hätten nicht gedacht, dass es im österreichischen Fußball noch so viel Raum nach unten gibt", betonten die Fachleute, die zwar nicht in die überraschend entstandene Grube, aber immerhin aus allen Wolken gefallen waren, unisono.

Während den mit Fragen gelöcherten Expertinnen und Experten Stirnfalten zu wachsen scheinen, gewinnt man der Angelegenheit beim Österreichischen Fußballbund jedoch positive Seiten ab und hebt hervor, dass Löcher im Rasen, sofern es die Geologie zulasse, gegen manche Gegner durchaus als taktisches Mittel Anwendung finden könnten – und auch wenn sich das Loch im Ernst-Happel-Stadion leider erst nach dem Spiel entfaltet habe, so ließe sich bis zum nächsten Länderspiel sicherlich noch am Timing feilen: „Löcher schießen zwar keine Tore", sagte ein ÖFB-Verantwortlicher dazu, „aber beim Verteidigen können sie Gold wert sein". Deshalb könnten Löcher im österreichischen Fußball in Zukunft öfter zum Einsatz kommen: „Gegen starke Gegner kann ein Loch unser zwölfter Mann sein."

Zur Unterstützung ihrer Mannschaft haben inzwischen mehrere Fangruppen ihre Mitglieder dazu aufgerufen, zum nächsten Länderspiel ein paar Löcher ins Stadion mitzubringen – woraufhin die Reaktion des nächsten Kontrahenten allerdings nicht lange auf sich warten ließ: Anhänger und Vorsitzende des französischen Verbandes forderten umgehend strengere Eintrittskontrollen, denn es gehe nicht an, dass Fans mit Löchern ins Stadion gelangen könnten. Auf jeden Fall, so die Forderung, seien sämtliche Löcher noch vor dem Eingang abzugeben.

INTERMEZZO VI: ZITATE

Mit verbalen Blüten wie „Da gehe ich mit Ihnen ganz chloroform" oder „Keiner verliert ungern" begeistern ballnahe Akteure seit Jahrzehnten schon das sprachlich versierte (oder servierte?) Publikum. Da wollen wir natürlich nicht zurückbleiben und servieren (ja, servieren!) deshalb an dieser Stelle noch ein paar eigenhändig – oder eigenfüßig – erfundene Fußballerzitate:

Es gibt hier nicht nur keine Logik,
sondern es ist sogar unlogisch.

⚽ ⚽ ⚽

Er ist immer für eine Überraschung gut,
daher sollte uns diese Überraschung
nicht überraschen, obwohl es natürlich
eine Überraschung ist.

⚽ ⚽ ⚽

Beim Handball ist die Hand der Fuß,
aber nicht bei uns.

#9

Nach der falschen Neun und dem abkippenden Sechser erobert mit der Holding Six ein weiterer Fachbegriff das deutsche Fußballvokabular – allerdings ist dem besonders vielköpfigen (und ebenso uneinigen) Transferausschuss des FC Bayern die Verpflichtung eines solchen Spielers zum Leidwesen des eigenen Trainers im Sommer 2023 nicht mehr rechtzeitig gelungen.

HOLDING SIX

Sehr geehrter Herr Tuchel, werter siebenköpfiger Transferausschuss des FC Bayern, liebe bajuwarische Hydra!

Im Angesichte der Tatsache, dass Ihre Suche nach einer Holding Six – einem Mittelfeldspieler, der mit defensiver Gewissenhaftigkeit in den rückliegenderen Bereichen des Platzes stehenbleibt, anstatt auf dem Felde ins Leere zu laufen – nun ja, ins Leere gelaufen ist, möchte ich mich hiermit, unter Berücksichtigung aller relevanten

Parameter und zum Wohle Ihres Vereins, und damit des deutschen Fußballs, um die vakante Stelle in Ihrem spielfreudigen Gefüge bewerben.

Glauben Sie mir, hochgeschätze Granden und Instanzen, ich kenne die Anforderungen an das von Ihnen gesuchte Profil und weiß nur allzu gut: Wer zu viel läuft, läuft Gefahr, dann, wenn er gebraucht wird, am falschen Ort zu stehen – bzw., etwas präziser ausgedrückt, am falschen Ort zu laufen. Meine Wenigkeit aber, sehr geehrter Herr Tuchel, definiert sich im Gegensatz zu Ihren anderen Mittelfeldakteuren (deren Vorzüge Sie der breiten Öffentlichkeit bereits eingehend dargelegt haben) weder über das Laufen und Anlaufen noch über die Rastlosigkeit, die andere, wie ein *querbeetuum mobile*, unentwegt jeden noch so entlegenen Rasenfleck auf dem Platz umpflügen lässt. Vielmehr, lassen Sie sich das gesagt sein, geschätzter Herr Tuchel, stand ich noch nie im Verdacht, es mit dem Rennen zu übertreiben: ein Fakt, von dem meine Vita am Schreibtisch zeugt – und eine rare Qualität, in deren Genuss nun auch Sie und Ihre Truppe, so Sie denn wollen, gelangen könnten.

Gerade nachdem, Herr Tuchel, das wissen wir ja alle aus den Gazetten und Live-Shows, Ihre Wunsch-Holding-Six eigentlich schon erfolgreich zum Medizincheck in der allein dadurch fast zu Weltruhm gelangten MRI-Röhre der Barmherzigen Brüder zu München gelegen hatte, Sie dann, werter Herr Tuchel, aufgrund des Vetos des abgebenden – oder eben doch nicht abgebenden – Vereins in letzter Sekunde aber doch noch selbst in die zumindest sprichwörtliche Röhre gucken mussten, könnte es für Sie, Herr Tuchel, und die zahlreichen Köpfe, die Sie an der Säbener umgeben, durchaus ein Argument von Belang sein, dass ich von der heimischen Schreibstube vollkommen ablösefrei und ohne allzu übertriebene Salär- und Handgeldforderungen in Ihr exquisit besetztes Ensemble wechseln könnte.

Für eine angemessene Berücksichtigung meiner Bewerbung danke ich Ihnen höflichst und bitte Sie außerdem, in Ihre Erwägungen miteinzubeziehen, dass ich als promovierter Linguist aus der Position der Holding Six durchaus auch imstande wäre, die sprachlichen Aktivitäten von Radio Müller auf dem Felde tatkräftig zu unterstützen – und dies, aufgrund der taktisch bedingt statischen Position im Gebilde, sogar ohne eine semantisch adäquate Lautproduktion des Laufens wegen unterbrechen zu müssen.

In freudiger Erwartung Ihres Antwortschreibens verbleibe ich, werte Damen und Herren – pardon: werte Herren! –, mit dem vorzüglichsten Ausdruck meiner zumindest verbalen Sportlichkeit und grüße Sie

Hochachtungsvoll

Ihr Dr. Punkt

INTERMEZZO VII:
GIBT ES WIRKLICH NUR EINEN RUDI VÖLLER?

> *„Es gibt nur ein Rudi Völler", pflegen deutsche Fußballfans, wenn auch auf grammatisch etwas fragwürdige Art und Weise, zu Ehren des früheren Bundestrainers und aktuellen Direktors der Nationalmannschaft zu singen – aber gibt es wirklich nur einen Rudi Völler?*

Das Reporterteam von *Steilpass* staunte sichtlich, als es während der letzten Fernreise der DFB-Auswahl eines Abends am heimischen Niederrhein unerwartet dem Sportdirektor der Nationalmannschaft Rudi Völler begegnete, der dort gemächlichen Schrittes mit seinem Hund Gassi ging: „Herr Völler, sind Sie es? Weilen Sie nicht mit der Mannschaft in Übersee?"
„Ach", sagte Rudi gewohnt offenherzig in die Mikrofone der Reporter und winkte lächelnd ab: „Den ganzen Trubel mit dem Fußball tu ich mir schon lange nicht mehr an, das lass ich alles mein Double machen."
„Wirklich?"

„Natürlich: Mal schießt der eine ein Tor, mal der andere, das ist doch alles viel zu stressig."

Der DFB bestätigte auf Anfrage von *Steilpass* das Abkommen mit Völler und hob hervor, dass es sich letzten Endes um eine Win-win-Situation handle: „Wir profitieren von Rudis Aura, während er mit Frau und Hund die Ruhe am Niederrhein genießen kann."

Die Fans übrigens, so viel sei noch gesagt, ließen sich vom Ganzen nicht beirren und singen unentwegt weiter: „Es gibt nur zwei Rudi Völler."

#10

Eine WM auf drei Kontinenten, ein Turnier auf dem Mount Everest oder sogar Spiele auf dem Mond? Die deutsche Nationalmannschaft und die Reporter von Sky sind bereit.

DER SPRINGENDSTE PUNKT IST DER BALL

Hallo Erde, hallo liebe Zuschauerinnen und Zuschauer und herzlich willkommen zur erstmaligen Austragung des Moonefa-Pokals.

Nicht hinter dem Mond, sondern buchstäblich auf dem Mond begrüßen wir Sie zu dieser Weltpremiere, die Sie bei uns auf Sky natürlich in voller Länge mitverfolgen können.

Und natürlich sind wir gespannt, liebe Zuschauerinnen und Zuschauer, wie sich das Spiel unter diesen doch sehr ungewohnten Bedingungen entwickeln wird.

Schon die Anreise hatte es ja in sich: In diesem kurzen Einspieler sehen Sie die Mondlandung der deutschen Mannschaft.

Der Kapitän, der als erster aus der Kapsel springt, aus dem Raumschiff, das die Spieler zu Ehren des Sportdirektors *Tante Rakäthe* nennen.

Der Fußball ist ja wahrlich keine Raketenwissenschaft, aber ohne Raketenwissenschaft, das lässt sich unzweideutig sagen, würde dieses Spiel hier nicht stattfinden können.

So ist es, während Sie nun, liebe Zuschauerinnen und Zuschauer, aus der Vogelperspektive – oder aus der Erdperspektive – einen Blick auf das nigelnagelneu errichtete Stadion gewinnen können, in dem das heutige Spiel stattfinden wird.

Das Aldrin-Stadion, im Volksmond, Volksmund, auch Ball-drin-Stadion genannt – aber dass der Ball heute wirklich drin landet im Tor, das dürfte hier oben, unter diesen erschwerten Bedingungen, gar nicht so einfach zu bewerkstelligen sein.

Ohne Schwerkraft ist aller Fußball schwer.

So ist es, die Leichtigkeit könnte heute, paradoxerweise, manch einem Spieler abgehen.

Und da das Spiel vor praktisch leeren Rängen stattfinden wird, werden die Spieler auch auf die übliche Unterstützung durch ihre Fans weitestgehend verzichten müssen – was bei den Mondpreisen, die für die Tickets verlangt wurden, auch nicht wirklich überrascht.

Umso wichtiger ist es, dass Sie vor Ihren Bildschirmen zu Hause dabei sind und mitfiebern, werte Damen und Herren!

Absolut, der Anlass musste ja im Vorfeld viel Kritik einstecken, wurde von vielen als zu abgehoben verurteilt – aber vielleicht ist das, was wir hier sehen, einfach die logische Weiterentwicklung des Fußballs.

Mag sein – aber fürs Erste auf jeden Fall eine eher kühle Atmosphäre hier.

Beziehungsweise eine eher kühle Exosphäre, denn von einer Atmosphäre im eigentlichen Sinne kann hier oben natürlich keine Rede sein.

So ist es natürlich, aber das tut der Freude und der Motivation der Akteure keinen Abbruch: Die Spieler springen nun in voller Montur mit Astronautenhelm aus den Katakomben aufs Feld und lauschen hüpfend, schwebend schon fast, der Nationalhymne.

⚽ ⚽ ⚽

Die Musik verklingt, gleich kann's losgehen, während wir hier im Bild den Trainer sehen, der mit seiner Crew auf der Bank Platz nimmt – Platz zu nehmen versucht.

Auch für ihn ist es der erste Außenbordeinsatz hier oben, aber er hat sich und die Mannschaft natürlich akribisch vorbereitet.

Dem ist natürlich so – und falls es noch eines letzten Beweises dafür bedürfte: Selbst das Flanellhemd, das er über dem Raumanzug trägt, sitzt perfekt.

Und auf geht's gleich mit einem ersten Ball in die Tiefe.

Der aber eher zu einem Ball in die Höhe gerät.

Da erfährt die vielzitierte Vertikalität im Spiel der Deutschen auf Anhieb eine ganz neue Dimension.

Ja, auf jeden Fall müssen sich die Spieler da erstmal an die neuen Bedingungen gewöhnen.

Während der Vorbereitung haben beide Teams mit spezialisierten Trainern an der Athletik und an den Abläufen gearbeitet, aber in der Praxis ist dann doch eine gewisse Anpassungszeit erforderlich.

Auf jeden Fall, nur die wenigsten waren zuvor schon mal hier oben.

Und jetzt ein erster Schuss, der weit übers Gehäuse fliegt.

Zum Glück für den Torwart, der etwas zu früh abgesprungen ist und in die falsche Richtung schwebt, während der Ball angeflogen kommt.

⚽ ⚽ ⚽

Und nach einer Flanke schraubt sich Müller hoch, schwebt in gut und gerne sieben bis acht Metern Höhe über dem Boden, aber der Ball, da oben sehen wir ihn, bewegt sich immer noch in weit höheren Sphären.

Müller springt nochmal ab, die Innenverteidiger tun es ihm gleich, schweben mit, um zu klären, bevor der Angreifer an den Ball kommt, aber im Moment gibt es nichts zu klären, denn der Ball fliegt in fast unvorstellbaren Höhen weiter.

Völlig losgelöst von der Erde schwebt der Ball einfach weiter.

Und auch völlig losgelöst vom Mond.

Genau.

⚽ ⚽ ⚽

Und wieder eine Flanke, die schon über eine Minute in der Luft ist.

Im All, recht eigentlich.

Die Spieler sind schon mehrmals vergeblich in Stellung gehüpft, der Ball macht derzeit keine Anstalten, sich ihnen zu nähern.

Und nun zieht sich das Ganze doch schon ziemlich in die Länge.

Der Ball fliegt davon – aber dass die Zeit auch wie im Flug vergehen würde, davon kann hier wahrlich keine Rede sein.

Die effektive Spielzeit mit Ball wird heute leiden, das ist klar – aber wenn Ihnen der Liga-Alltag oft zu stressig erscheint, dann könnte Mondfußball genau das Richtige für Sie sein.

⚽ ⚽ ⚽

Kurze Halbzeitanalyse, Karlheinz: Worauf wird's im zweiten Umgang ankommen?

Wichtig wird sein, dass sie nicht abheben, sondern mit beiden Füßen auf dem Boden bleiben und den Ball flachhalten.

Und wen siehst du im Vorteil?

Ich würde sagen, im Moment bleibt hier alles in der Schwebe.

Vielen Dank für diese Einschätzung, Karlheinz. Gleich geht's weiter – und wir hoffen natürlich, dass Sie, werte Zuschauerinnen und Zuschauer, auch in Halbzeit zwei nicht *in*, sondern weiterhin mit uns *auf* den Mond gucken werden – bis gleich!

⚽ ⚽ ⚽

Auf geht's in weitere fünfundvierzig Minuten Mondfußball – und obwohl der Rasen hier von herausragender Qualität ist, verspringen die Bälle den Akteuren gleich wieder reihenweise.

Effektivität bestimmt das Handeln zumindest im Moment noch nicht.

Ja, da gestaltet sich die Anpassung weiterhin schwierig, auch die Positionstreue der Akteure ist immer noch suboptimal, die Laufwege – beziehungsweise Hüpfwege – bleiben hochgradig gewöhnungsbedürftig.

Selbst kurze – oder kurz gedachte – Pässe missraten und ein Tor liegt weiterhin nicht in der Luft.

Dafür der Ball umso mehr.

Ja, jetzt wieder eine Flanke aus dem Halbmond, die nichts einbringt.

Aus dem Halbfeld.

Natürlich.

Eigentlich sollte es dem Spiel der Deutschen zugutekommen, dass sie hier oben mehr freie Räume vorfinden, aber so richtig Kapital schlagen konnten sie daraus noch nicht.

In Sachen Tempo haben sie zwar eindeutig die Nasa vorn, die Nase vorn, meine ich, aber die Bewegungen gehen noch zu oft am Ball vorbei, scheinen davon sogar weitgehend entkoppelt zu sein.

Ja, da sind Ball und Spieler noch zu selten am selben Ort anzutreffen.

Wie Cosinus und Sinus auf einem Funktionsgraphen.

Oder wie Mond und Erde auf ihren Umlaufbahnen.

Was aber nicht nur an den Spielern liegt.

Natürlich: Der springendste Punkt ist der Ball, der sich heute kaum bändigen lässt.

Hier abermals ausführlich zu beobachten mit diesem Ball, der in hohem Bogen davonfliegt.

Wenn der wieder runterkommt, ist Schnee dran.

Oder auch nicht.

Genau – der Mond hat ja seine eigenen Gesetze, auch meteorologisch.

Regenschirm und Schneeschaufel werden Sie hier oben jedenfalls nicht benötigen.

Wir befinden uns ja über den Wolken.

Und trotzdem ist das heute nichts für Schönwetterfußballer.

So ist es. Und langsam, langsam neigt sich das Spiel dem Ende zu.

Und damit, dass das Skore noch große Sprünge macht, ist wohl eher nicht mehr zu rechnen.

Dazu hat der Ball heute letzten Endes viel zu große Sprünge gemacht.

Genau. Und in diesem Moment, werte Zuschauerinnen und Zuschauer, die Sie heute mit uns dem Ball zu- und nachgesehen haben, pfeift der Schiedsrichter dieses erste Mondduell in der Geschichte des Fußballs ab – ein erstes kurzes Fazit, Karlheinz?

Ja, beide Teams haben sich auf jeden Fall abgemüht und unter schwierigen Bedingungen ihr

Bestes gegeben – letzten Endes ein leistungsgerechtes Unentschieden, das gerade auch in dieser Höhe hier verdient ist.

Danke, Karlheinz. Und wir geben gleich weiter, denn am Spielfeldrand steht, hüpft schon der Bundestrainer zum Interview bereit.

Ja, Herr Bundestrainer, guten Abend und vielen Dank, dass Sie sich gleich zu uns hinüberbegeben haben – wie fällt denn Ihre Analyse des heutigen Spiels aus?

Ja, es war natürlich kein einfaches Spiel, gerade am Anfang hat uns gegen den Ball oft der Zugriff gefehlt, das Anlaufverhalten war alles andere als optimal, die Abstände waren größer, als wir es uns vorgenommen hatten, was auch ein Stück weit den Umständen geschuldet ist, denn im All draußen ist es natürlich unheimlich schwer, die Räume eng zu machen.

In der nächsten Runde wird Ihre Mannschaft ja auf dem Mars antreten – was für ein Spiel erwarten Sie da?

Auf dem Gravitationskontinuum bespielt der Mars die Halbräume zwischen Mond und Erde, darauf werden wir uns natürlich einstellen, auch wenn wir bis dahin nicht mehr viele Einheiten haben.

Heute ist uns auch aufgefallen, dass Ihre Mannschaft dem Gegner im Vergleich zu den letzten Spielen weniger Torchancen zugestanden hat. Ist das ein erster Schritt in die richtige Richtung?

Absolut. Und auch wenn es für die einzelnen Spieler nur ein kleiner Schritt war, so ist es für den deutschen Fußball insgesamt doch ein sehr großer.

Vielen Dank für diese Einschätzungen, Herr Bundestrainer – und damit zurück ins Studio Erde!

INTERMEZZO VIII: ZITATE (2)

Vor dem Finale nochmals ein paar eigenfüßig erfundene Fußballerzitate:

Zu den Zeiten von Platon und Sokrates
haben natürlich die alten Griechen
den besten Fußball gespielt.

⚽ ⚽ ⚽

Ein Lothar Matthäus hat noch nie
daran gezweifelt, dass auch auf anderen
Planeten Fußball gespielt wird.

⚽ ⚽ ⚽

Er hat zwei Hunde, mit denen er acht
Tage die Woche spazieren geht.

⚽ ⚽ ⚽

Der Ball rollt nicht nur, weil er rund ist,
sondern auch, weil er kein Ende hat.

#11

Zur Europameisterschaft 2032 beruft der Bundestrainer ausschließlich Mittelfeldspieler in den Kader.

YOGI JOGI FINDET SEINE MITTE

Yogi Jogi, Sie haben heute Ihren Kader im Hinblick auf die Europameisterschaft 2032 bekanntgegeben und es fällt auf, dass nur Mittelfeldspieler dabei sind – wie ist es dazu gekommen?

Die Tore sind der Anfang und das Ende des Fußballs, wir aber wollen in der Mitte sein, darauf haben wir seit Jahren hingearbeitet.

Im Training konnte man ja beobachten, dass Sie auf einem kreisförmigen Platz trainieren ließen und die Spieler auch immer eine Kreisform bildeten.

In der Tat. Der Ball ist bekanntlich rund, und nur wenn wir ihm entsprechen, können wir ihm gerecht werden. Hinzu kommt, dass alle unsere Spieler dank des intensiven Mentaltrainings in Sachen Konzentrationsfähigkeit allerhöchsten Ansprüchen gerecht werden – und wenn ich von allerhöchsten Ansprüchen spreche, dann meine ich auch tatsächlich allerhöchste Ansprüche. Der Ball aber kann sich nicht konzentrieren, er ist von allen relevanten Akteuren auf dem Feld jener mit der schlechtesten Konzentrationsfähigkeit, also müssen wir ihn konzentrieren.

Das heißt, Sie beabsichtigen, Ihre Mannschaft auch an der Endrunde in einer Kreisformation antreten zu lassen?

Absolut, das entspricht unserer Philosophie und danach richten wir unser Handeln aus.

Nun, Ihr Konzept scheint ja, wenn man den Trainingseindrücken Glauben schenken darf, zumindest bei den anwesenden Spielern sehr gut anzukommen – haben Sie eine Erklärung dafür?

Ja, natürlich. Nehmen Sie gerade unsere verdientesten Spieler wie etwa einen Marco Rund, einen Toni Kreis oder einen Mats Kugels, die haben ja in ihrer Laufbahn von Borussia Dortrund über Bayern München bis Real Madrid schon fast alles gesehen und erlebt. Aber erst hier finden sie die Mitte des Fußballs – die Mitte des Fußballs und gleichzeitig dessen Transzendierung.

In Ihrem Kader stehen ja viele begnadete Techniker. Wissen Sie schon, wer zum Beispiel die Ecken treten wird?

Es entspricht nicht unserer Philosophie, Ecken zu treten.

Sie wollen keine Ecken treten?

Die Philosophie steht über allem.

Dieser Philosophie musste ja auch ihr Stürmerstar Mario Gomeck weichen...

Mario Gomeck musste nicht weichen, wir bleiben ihm in Dankbarkeit verbunden und haben ihm die Gelegenheit gegeben, sich andernorts weiterzuentwickeln. Bei uns muss niemand weichen.

Herr L..., pardon, Yogi Jogi, entschuldigen Sie bitte diesen Einwurf, aber von außen mag das, was Sie mit der Mannschaft anstreben und umzusetzen versuchen, bisweilen wie die versuchte Quadratur des Kreises erscheinen. Können Sie es zumindest ein Stück weit nachvollziehen, dass dieser Eindruck entstehen kann?

Nein, im Gegenteil, das ist gerade keine Quadratur des Kreises. Die Quadratur des Kreises ist ein alter reaktionärer Hut. Was wir machen, ist die Zirkulatur des Eckigen, das ist eine ganz andere Dimension, das sind total andere Vibes.

Ihre Spieler sollen ja auf Anregung des Trainerstabs sogar in runden Betten schlafen.

Auf Anregung des Trainerkreises, ja. Von einem Trainerstab sprechen wir nicht mehr.

Und die Jungs schlafen also tatsächlich in runden Betten?

Exakt. Der Schlaf- und der Wachzustand bilden zusammen eine Sphäre. Stimmt das nokturne Umfeld mit dem diurnalen überein, befinden wir uns in einem sphärischen Gleichgewicht.

Yogi Jogi, vielen Dank für diese Einsichten.

Gerne. Der Dank fällt auf Sie zurück und macht Sie für die schönen Dinge empfänglich wie eine offene Lotusblume.

Danke, auf Wiedersehen.

Sayonara.

Und zum Schluss noch
ein wahres Fußballerzitat:

Ich sage nur ein Wort: herzlichen Dank!

So bleiben Sie auch in Zukunft
ballnah unterwegs:

https://wonderl.ink/@der_punkt_ist_der_ball